AF346480

COLLECTION DE M. B.

ÉCOLE FRANÇAISE DU XVIIIe SIÈCLE

EAUX-FORTES MODERNES

Bracquemond, Courtry,

Gaillard, Jacquemart, Lalauze, Meissonier, Rajon,

Somm, Waltner, etc.

EN ÉPREUVES D'ARTISTE

COLLECTION COMPLÈTE DE LA GAZETTE DES BEAUX-ARTS

EAUX-FORTES DE CH. MÉRYON

ALMANACHS, DESSINS, VIGNETTES

Gravures en Lots

DONT LA VENTE AUX ENCHÈRES PUBLIQUES AURA LIEU

HOTEL DES COMMISSAIRES-PRISEURS

RUE DROUOT, N° 9, SALLE N° 4

Le Mardi 5 Février 1889

A UNE HEURE ET DEMIE PRÉCISE

Me Maurice DELESTRE

COMMISSAIRE-PRISEUR

Rue Drouot, 27

M. L. DUMONT

EXPERT, MARCHAND D'ESTAMPES

Quai des Grands-Augustins, 53 bis

PARIS — 1889

IMPRIMERIE MAULDE ET RENOU

A. MAULDE & Cie

IMPRIMEURS DE LA COMPAGNIE DES COMMISSAIRES-PRISEURS

Rue de Rivoli, 144

COLLECTION DE M. B.

ÉCOLE FRANÇAISE DU XVIIIᵉ SIÈCLE

EAUX-FORTES MODERNES

Bracquemond, Courtry,
Gaillard, Jacquemart, Lalauze, Meissonier, Rajon,
Somm, Waltner, etc.

EN ÉPREUVES D'ARTISTE

COLLECTION COMPLÈTE DE LA GAZETTE DES BEAUX-ARTS

EAUX-FORTES DE CH. MÉRYON

ALMANACHS, DESSINS, VIGNETTES

Gravures en Lots

DONT LA VENTE AUX ENCHÈRES PUBLIQUES AURA LIEU

HOTEL DES COMMISSAIRES-PRISEURS

RUE DROUOT, Nᵒ 9, SALLE Nᵒ 4

Le Mardi 5 Février 1889

À UNE HEURE ET DEMIE PRÉCISE

Mᵉ Maurice DELESTRE
COMMISSAIRE-PRISEUR
Rue Drouot, 27

M. L. DUMONT
EXPERT, MARCHAND D'ESTAMPES
Quai des Grands-Augustins, 53 bis

PARIS — 1889

CONDITIONS DE LA VENTE

—

Elle sera faite au comptant.

Les Acquéreurs payeront CINQ POUR CENT en sus des adjudications.

—

M. DUMONT chargé de la vente se réserve la faculté de réunir ou de diviser les lots.

L'ordre du Catalogue sera suivi.

EAUX-FORTES

GRAVURES MODERNES

École Française du XVIIIe siècle

ABOT

1 — **Portraits.** Coquelin aîné. — Mesdames Broisat.
— Samary. — Croizette. 5 p. Belles ép.

APPIAN

2 — Le Golfe de Gênes. — Port de San-Remo. —
Retour de pêche. 3 p. sur Japon. Ep. d'artiste.

BAUDOIN

3 — Le Modèle honnête, gravé à l'eau-forte par
Moreau le jeune, terminé par Simonet. Belle ép.,
marges.

4 — Rose et Colas, par Simonet. Très belle ép., marges.

BEUSCHLAG

5 — Festin de noces, par Bankel. Grand in-fol. en largeur.

BOILVIN

6 — La Bibliothèque Mazarine, d'après Fortuny. Belle ép. sur Japon.

BOLSVERT

7 — Moïse, d'après Rubens. — Le Concert. 2 p. dont 1 dernière avant la lettre.

BONNET

8 — L'Insomnie amoureuse, d'après Lagrenée. Belle ép., toutes marges

BRACQUEMOND

9 — Portraits de M. Legros. — de Fernand. 2 p. Ep. d'artiste.

10 — Portrait de M. Robert, 2 ép. dont une avant la lettre.

11 — Vanneaux et Sarcelles. 2 ép. dont une d'artiste.

12 — Sur la Terrasse. Ep. d'artiste sur Japon.

13 — La Servante, d'après Leys. Ep. d'artiste.

14 — L'Inconnu. — Les Taupes. — Hiver. 3 p. Belles épreuves.

15 — Don Quichotte. — Le Lac, d'après Corot. — Frontispice, etc. 6 p. Belles ép.

BUHOT (F.)

16 — Japonisme. — Album complet avec la couverture
et 10 planches, d'après des curiosités de la collection
de M. P. Burty.

17 — Un Grain. — Fête Nationale. — Objets Japonais,
etc. 14 p. avant et avec la lettre.

CHAMPOLLION, ABOT

18 — Au Bord de la mer. — Toilette de Vénus. — Portraits, etc. 5 p. Ep. d'artistes sur Chine ou Japon.

CHAPLIN (D'après)

19 — Les premières Fleurs, par Toussaint. Ep. d'artiste
sur Japon. Signée.

CHAUVEL

20 — Solitude, d'après Corot. Belle ép. sur Japon.

COURTRY

21 — L'Etat-Major autrichien devant le corps de Mar-
ceau, d'après J.-P. Laurens. Ép. d'artiste, signée.

22 — La Partie de cartes, d'après P. de Hooch. 2 ép.
d'artiste dont une d'état, signées.

23 — Les Vieilles femmes de la place Navone, d'après
Robert-Fleury. 2 p., ép. d'artiste dont une d'état,
signées.

DAUBIGNY

24 — Les Vendanges, par Lefman. Ép. d'artiste sur
Japon.

DAWANT

25 — Saint-Julien l'hospitalier, par Spinelli. Ép. d'artiste sur Japon, signée par le peintre et le graveur.

DEFREGGER

26 — La Demande en mariage. — Le Repas de noces,
par Preisel et Schultheiss. 2 p., gr. in-fol. en largeur.

DESBOUTIN

27 — Mademoiselle Mou-Mou. 2 ép. d'artiste.

28 — La Promenade. — Le Repos. — Dailly. 3 p., ép.
d'artiste.

29 — Portraits de MM. Rouart, Degas, etc. 3 p., ép.
d'artiste.

DORÉ (Gustave,

30 — La Marseillaise. — Le Rhin allemand. 2 p., belles
ép. sur Chine.

EICHENS

31 — Martyre chrétienne. — La Vierge, d'après P. De-
laroche. — Méditation, d'après Vidal. 3 p.

EICHENS, LEVASSEUR

32 — La dernière rose. — Où diable vont-ils. 2 p. in-fol.

FLAMENG (L.)

33 — Madame Feydeau, d'après C. Duran. Ép. d'artiste sur Chine collé.

34 — Le Blue boy. — Miss Graham, d'après Gainsborough. 2 p., ép. avant la lettre sur Chine.

35 — Odalisque. — Jeune fille, d'après Geuze. — Astronomie, etc. 6 p., ép. d'artiste.

FIELDING

6 — Animaux divers. 51 p.

FRAGONARD

37 — Le Verre d'eau, par Ponce. Belle ép., marges.

GAILLARD (F.,

38 — La Tête de cire, du musée de Lille, d'après Raphaël. Ép. d'artiste sur Chine.

39 — Saint Georges, d'après Raphaël. Ép. d'artiste, avant le double trait carré.

40 — Le comte de Chambord. Belle ép

41 — La Vierge d'Orléans, d'après Raphaël. Belle ép. avant la lettre.

GAUCHEREL (L.)

42 — Salon de 1757, d'après G. de Saint-Aubin. Ép. d'artiste. Rare.

43 — Portraits de la Comédie-Française. 9 p. dont quatre avant la lettre.

GAUCHEREL, GREUX

44 — La Jeune fille et la Mort, d'après Sarah Bernhard. — Venise, d'après Guardi. — Fleurs, etc. 6 p., ép. d'artiste sur Chine et Japon.

GAUJEAN

45. — E. Gardiner. — La Fortune et le Jeune enfant. — Portraits, etc. 4 p., ép. d'artiste.

GAUTIER

46 — Le château Saint-Ange à Rome. Ép. d'artiste sur Hollande, signée.

47 — Le Forum à Rome. Ép. d'artiste sur Hollande, signée.

48 — Pont des Saints-Pères. — Quai Jemmapes. — Écluse de la Monnaie. — Place du Châtelet. 4 p., ép. d'artiste sur Japon, signées.

49 — Vue prise de la place Maubert. — Rue Saint-Julien-le-Pauvre. — Rue des Hauts-Degrés. — Place du Châtelet. 4 ép. d'artiste sur Japon, signées.

GAVARNI

50 — L'École des Pierrots, n°s 1 à 10. — Les Anglais
chez eux, n°s 1 à 20. — Histoire d'en dire deux, n°s 1
à 10. — Les Parents terribles, n°s 1 à 10. Ensemble
50 p. en quatre albums avec la couverture de publication.

GILBERT

51 — Les Lutteurs. — Fresques d'après Véronèse. 4 p.
Ép. d'artiste.

GONCOURT (DE)

52 — Masque de J.-J. Rousseau. — Étude d'après
Greuze, etc.. 4 p., ép. d'artiste.

GREUZE

53 — L'Ermite, gravé par Marais. Très belle ép.,
marges.

54 — La Cruche cassée, par Massard. Superbe ép. avec
signature du peintre et du graveur. Marges.

55 — Le Retour de nourrice, par Hubert. Belle ép.

56 — La Privation sensible, par Simonet. Belle ép..
toutes marges.

GUÉRARD (H.)

57 — Portrait de M. Gladstone. — Eaux-fortes originales et reproductions de tableaux. — Bronzes. 10 p.
dont 8 ép. d'artiste.

58 — Marines. 8 p., ép. d'artiste.

HÉDOUIN

59 — Diane sortant du bain. — Aïscha. — Manon Lescaut, etc. 4 p. dont trois avant la lettre.

HERRING

60 — Feeding the horse. Gr. in-fol en hauteur, par Atkinson. Superbe ép.

JACQUE (Ch.)

61 — Têtes d'enfants d'après Greuze, 14 p., avant la lettre.

JACQUEMART

62 — Souvenirs de voyage. Ép. d'artiste.

63 — L'écureuil et la Mouche. 2 ép. dont une d'artiste.

64 — Portrait de Rembrandt. 2 ép. d'artiste.

65 — Henri III, d'après le buste en bronze de J. Goujon. Belle ép. d'artiste sur Hollande.

66 — Le Cabinet des médailles. Ép. d'artiste, rare.

67 — Le trépied de Goulhières. Ép. d'artiste.

68 — Bijoux de la collection Campana. — Vase de Vincennes. — Tasse de Sèvres. — Cassolette. — Pendule. 5 p. Ép. d'artiste.

69 — Exécution au Japon. — Chasse à courre. — Bords de la Meuse. 3 Ép. p. d'artiste.

70 — Tryptique allemand. — Titre des fleurs, etc. 3 p. Belles ép.

JACQUEMART, CHIFFLARD, ETC.

71 — Titres de publications diverses. 9 p. avant et avec
la lettre.

JACQUET

72 — Le Courage militaire. — *Gloria victis* d'après
Chapu et Dubois. 2 p. Belles ép. avant la lettre.

JACQUET, BELLAY

73 — La Charité. — La Jeunesse. 2 p. Belles ép. avant
la lettre.

JEAURAT

74 — Le Carnaval des rues de Paris. — Transport des
filles de joie à l'hôpital. 2 p., par Levasseur, belles
ép.

75 — L'Amour du vin, par Surugue. Très belle ép.,
toutes marges.

LAGUILLERMIE

76 — Reddition de la ville de Bréda d'après Vélasquez.
Ép. d'artiste sur Hollande.

LALAUZE

77 — Entrée de Charles-Quint à Anvers d'après Makart.
Ép. d'artiste sur papier Van Gelder.

78 — Louis XIV et Molière d'après Vetter. Très belle
ép. avant la lettre sur Chine.

LALAUZE

79 — Souvenirs de Longchamps. — Avant l'attaque. 2 p. d'après Détaille. Ép. d'artiste sur Japon.

80 — Henri III à la procession d'après E. Lamy. ép. d'artiste sur Japon.

81 — Sujets d'enfants. — Scènes de Molière. 8 p. Ép. d'artiste Chine et Japon.

LANÇON

82 — Souvenirs du siège. 8 p. avant la lettre sur Hollande.

83 — Lion. — Les Carriers, etc. 5 p. Ép. d'artiste.

LANCRET, COYPEL

84 — Conversation galante. — Les Amours forgerons. — *Quos Ego*, 3 p.

LELOIR (L.)

85 — Un Raffiné. — Le Trompette. 2 p. Ép. d'artiste.

LELOIR (D'après)

86 — L'Atelier, par Ruet. 2 ép. d'artiste dont une d'état.

87 — La Dernière gerbe, par Ruet. 2 ép. d'artiste dont une d'état.

LEMPEREUR

88 — Le Jardin d'amour d'après Rubens. — Le Festin espagnol d'après Palamèdes. 2 p. avant la lettre, belles ép., marges.

LHERMITTE

89 — Cathédrale de Rouen. Très belle ép. sur papier
Whatman.

LONGUEIL (DE)

90 — Les modèles d'après Leprince. Belle ép. avant la
dédicace, marges.

91 — Le Cabaret flamand. — Halte flamande, d'après
Van Ostade. 2 p. Très belles ép., marges.

92 — Allégories à l'avènement au trône de Louis XVI
et de Marie-Antoinette, d'après C.-N. Cochin. 2 p.
Très belles ép., toutes marges.

93 — Vignettes pour *Les Sens*. — En-têtes de pages.
8 p.

MANET

94 — L'Enfant à l'épée. — Philippe IV. 2 p. Ep. d'artiste.

95 — Le Rêve du marin. Rare. — Gitanos, Portraits
de Faure, etc. 6 p. avant et avec la lettre.

96 — Le Champ de courses. — L'exécution de Maxi-
milien. 2 p. Lithographies originales.

97 — Souvenir de la Commune. — Guerre civile. 2 p.
Lithographies originales.

98 — Le Gamin. — Portrait de Mademoiselle Morisot.
3 p. Lithographies originales.

MARTIAL

99 — La Merveilleuse, d'après J. Goupil. Ep. d'artiste
sur Japon.

MARTIAL

100 — Jeune Citoyen de l'an V, d'après J. Goupil. 3 ép.
avant la lettre dont deux sur Japon.

MASSARD

101 — Portrait de Victor Hugo, d'après Bonnat. Très
belle ép. d'artiste sur Japon.

102 — La même Estampe. Ep. d'artiste sur Chine collé.

MASSÉ

103 — L'Excommunication, d'après J.-P. Laurens. Ep.
d'artiste sur Chine.

MEISSONIER (D'après)

104 — Une Lecture chez Diderot, par Mongin. Ep. d'artiste, signée.

105 — Gentilhomme Louis XIII, par Ch. Blanc. Belle ép.

106 — La Rixe, par P. Chenay. Belle ép. avant la lettre.
Signée par l'artiste.

107 — Le Liseur, par Jacquemart. Ep. d'artiste, signée.

108 — Le Convoi. — La Barricade. 2 p. par de Mare. Ep.
d'artiste sur Japon.

109 — Un Lansquenet. — Homme de guerre. — Arque-
busier. — Porte-Drapeau. 4 p. par Lerat, Flameng, etc.
Belles ép.

110 — Une Chanson. — L'Audience. 2 p. par Mongin et
Carey. Belles ép.

MÉRYON (Ch.)

111 — Son Portrait, par L. Flameng. Belle ép. sur Japon avant la lettre.

112 — Le Pavillon de Mademoiselle. (N° 8 du Catalogue de l'œuvre de Ch. Méryon, par M.-P. Burty). Superbe ép. du premier état, avec un trait dans la marge du bas, sur papier du Japon.

113 — La même Estampe. Avant la lettre sur Chine.

114 — Entrée du faubourg Saint-Marceau à Paris (9). Superbe ép. sur vieux papier.

115 — La Salle des Pas-Perdus, d'après Ducerceau (17). Très belle ép.

116 — Plan du combat de Sinope (21). Très belle ép. Rare.

117 — Présentation au roi Louis XI du Valère Maxime (25). Très belle ép. avant la lettre sur Chine volant.

118 — Partie de la cité de Paris, vers la fin du xvii° siècle (28). Belle ép.

119 — Le grand Châtelet (29). Superbe avant la lettre.

120 — Eaux-fortes sur Paris, titre (31). Belle ép.

121 — A. Reynier dit Zeeman (32). Très belle ép.

122 — Armes symboliques de la Ville de Paris (35). Très belle ép.

123 — Le Stryge (37). Très belle ép. sur vieux papier.

124 — Le petit Pont (38). Superbe ép. avant toutes lettres sur papier verdâtre.

125 — L'Arche du pont Notre-Dame (39). Superbe ép. avant la lettre et le n° et avec le nom et l'adresse de Méryon.

126 — La Galerie Notre-Dame (40). Très belle ép.

MÉRYON (Ch.)

127 — La Pompe Notre-Dame (45). Belle ép.

128 — La petite Pompe (46). Superbe ép. sur papier ancien.

129 — Le Pont-Neuf (47). Belle ép. sur Chine volant.

130 — La Morgue (50). Superbe ép. avant la lettre et avec le nom et l'adresse de Méryon, avec quelques salissures dans la marge du cuivre, collection P. Burty, sur papier ancien.

131 — L'Abside de Notre-Dame (52). Belle ep.

132 — Adresse de Rochoux (54). 2 ép. imprimées de façons différentes en deux tons, l'une avant l'adresse de Delâtre.

133 — Tourelle, rue de l'École-de-Médecine (22). Belle ép.

134 — Rue des Chantres, à Paris (56). Très belle ép., avant toutes lettres.

135 — Rue des Toiles, à Bourges (58). Très belle ép.

136 — La Malingre Cryptogame (61). Très belle ép., sur vieux papier, collection P. Burty, rare.

137 — Voyage de la corvette le *Rhin* : Grenicrs indigènes à Akaroa. — Pointe dite des Charbonniers. — Etat de la petite colonie française. — La Chaumière du colon. 4 p. avec la couverture, belles ép.

138 — Pré volant des îles Mulgrave (Océanie). — Grande case indigène. 2 p. Belles ép.

139 — Pêche aux Palmes (65). Très belle ép. avant toutes lettres sur Chine.

140 — Petit Prince Dito. Belle ép.

141 — Rébus. — Ci-gît la Vendetta surannée. Belle ép.

142 — Rébus. — Non Morny n'est pas mort. Très b. ép.

MÉRYON (Ch.)

143 — Rébus. — Béranger ne fut véritablement fort, etc. Très belle ép.

144 — Projet d'encadrement pour le portrait de M. Guéraud. 2 ép. dont une avec le lynx couché et avant les inscriptions.

145 — Le Ministère de la Marine (82). Très belle ép. avec le monogramme et avant la lettre. Collection A. Wasset.

146 — Vue de l'ancien Louvre du côté de la Seine (81). Belle ép. avant la lettre.

147 — La même estampe. Belle ép.

148 — Collège Henri IV (83). Superbe épreuve avec la mer dans le fond et avec la légende à droite.

149 — La même estampe. Très belle ép. de la planche terminée.

149 *bis* — La Tour de l'horloge. — La Pompe Notre-Dame. 2 p. Belles ép.

MILIUS

150 — Portrait de femme, d'après Watteau. — Bord de la mer, etc. 4 p. Epreuves d'artistes signées.

MONGIN

151 — Un Schisme d'après Vibert. Ep. d'artiste sur Chine, signée.

MONZIÈS, MORDAUNT

152 — Le Joueur de mandoline. — Le Peintre. — Sujets d'après Rembrandt, Isabey. 4 p. Ep. d'artiste.

MOREAU LE JEUNE

153 — Couronnement de Voltaire, par Gaucher. Très belle ép. avec les armes et la dédicace. Marges.

154 — Serment de Louis XVI à son sacre. Grand in-fol. Belle ép. ancienne.

NANTEUIL (C.)

155 — Avenir. — Souvenirs. — 3 p. Petit in-fol. en hauteur.

PICCINI

156 — Souvenirs de Rome. Suite complète de 10 p. Ep. d'artiste sur Japon.

PIGUET

157 — La Pierrette, d'après Clairin. Belle ép.

PORTRAITS

158 — Delvau. — Banville. — Dumas. — Stern. — Gautier. — Balzac, etc. 12 p.

159 — Goya. — Diaz. — Beethoveen, etc. 12 p.

160 — De Femmes. — Madame Wille. — Comtesse d'Escars. — Famille Beauharnais. — Marie-Antoinette à Trianon, etc. 14 p.

161 — Marat, Scribe, Millevoye, etc. 8 p.

POUSSIN (N.)

162 — La Pêche miraculeuse. — Résurrection de Lazare. — Moïse, etc. 3 p.

PRUDHON

163 — Innocence et amour, par Villerey. Très belle
épreuve avant la lettre.

RAJON

164 — La lecture de la Bible, d'après Brion. Ép. d'artiste.

165 — Cortigiana, d'après Blanchard. Portrait. 2 p.
Ép. d'artiste.

166 — Le Cabaret, d'après J. Stein. 2 ép. d'artiste, dont
une d'état.

167 — Jeanne d'Arc. — La toilette de Vénus. 2 p. Ép.
d'artiste.

168 — Le Muezzin, d'après Gérôme. Belle ép.

169 — Corps de garde d'Arnautes, au Caire. — Rembrandt dans son atelier. 2 p. Belles ép.

ROC-BIHAN (AUFRAY DE)

170 — Retour de chasse. Gr. in-fol., belle ép.

ROCHEBRUNE

171 — Le Louvre, façade de Henri II. Belle ép. avant la
lettre.

172 — Le château de Pierrefonds. Belle ép.

SCHENAU

173 — La Lanterne magique. — L'Origine de la peinture
ou les Portraits à la mode. 2 p., par J. Ouvrier,
belles ép.

SCHENNIS

174 — Clair de lune. Ép. d'artiste sur Japon, signée.

SEYMOUR-HADEN

175 — Fulham. — The Thames. 3 p., dont deux avant la lettre.

SOMM (H.)

176 — Le Poisson d'avril. Ép. sur Japon avec dédicace.

177 — Japonisme. Belle ép. d'artiste sur Hollande, signée.

178 — Programmes de spectacles.— Titres en différents états. 5 p. Ép. avant et avec la lettre.

179 — Types de Parisiennes. 3 p. Ép. d'artiste sur Japon, signées.

TOUSSAINT, COINDRE, ETC.

180 — Vues de France. 12 p. Ép. d'artiste sur Japon.

VAN DER MEULEN

181 — Vue du château de Vincennes. — La Reine allant à Fontainebleau. 2 p.

VIGNETTES

182 — **Adresses, Menus.** Invitations. 10 p.

183 — Chansons populaires de la France. 5 p. dont deux avant la lettre.

184 — **L. Flameng.** Manon Lescaut. Suite complète de 12 p. sur Hollande.

VIGNETTES

185 — **Forain Rafaëlli.** Croquis parisiens. Suite complète de 8 p. pour le livre de J.-K. Huysmans.

186 — **Gaujean.** Les Françaises du siècle. Suite complète de 8 p. d'après Lynch, en couleur. ép. avant la lettre.

187 — **Hédouin.** Paul et Virginie. Suite complète de 7 p.

188 — **Hersent.** Choix de sujets tirés des Contes de Lafontaine. 10 lithographies, couverture de publication.

189 — **Lalauze.** Werther. 6 p., ép. d'artiste.

190 — **Lalauze.** Paul et Virginie. Suite complète de 8 p. sur Chine avant lettres.

191 — **Lalauze.** Les Précieuses ridicules. — Tartuffe. etc. 5 p. sur Japon, ép. d'artiste.

192 — **Lalauze.** Don Quichotte. 28 p.. ép. d'artiste sur Chine et Hollande.

193 — **Lalauze,** etc. Gil Blas. Madame Bovary et divers romans modernes. 40 p.. ép. d'artiste.

194 — **Lalauze, Los Rios.** Alfred de Musset. Don Quichotte et divers. 16 p.

195 — **Lalauze, Boilvin.** Madame Bovary et divers. 14 p., ép. d'artiste.

196 — **Monziès.** Contes de Lafontaine, Molière, Scarron, etc. 42 p. dont 36 ép. d'artiste.

197 — **C. Nanteuil.** — Don Quichotte. 10 p., belles ép.

198 — **Titres.** En-têtes de pages, etc.. 23 p., ép. d'artiste.

VION, WOTKINS

199 — Marie de Médicis. — Gentilhomme italien, etc.
4 p. ép. d'artiste.

VUES

200 — **Rouen, Londres,** par Ballin. 48 p , ép. d'artiste
sur Japon.

201 — **Londres,** par Ballin. 45 p. avant et avec la lettre
sur Hollande.

WALTNER

202 — Miss Fitzherbert, d'après G. Romney. Belle ép.
d'artiste sur Chine collé.

203 — Miss Graham, d'après Gainsborough. Ép. d'artiste sur Japon, signée.

204 — La Lecture, d'après Fragonard. Ép. d'artiste sur
Japon, signée.

205 — La Musique, d'après Delaplanche. Ép. d'artiste
sur Japon, signée.

206 — J.-Ch. de Gordes, d'après Rubens. — Portrait
d'après Gainsborough. 2 p., ép. d'artiste.

ALMANACHS

207 — **Jacque, Morel.** Années 1885-1884. La Chasse.—
L'Opéra. 2 p. Ép. sur Hollande, signées.

208 — **F. Oudart.** Années 1880-1881-1882-1883-1884,
6 p. Ép. d'artiste, signées.

209 — **H. Somm.** Année 1879. — Ép. d'artiste.

209 *bis.* — Année 1881. — 2 pièces dont une épreuve
d'état.

ALMANACHS

210 — Année 1882. — États différents et épreuve terminée. 5 p.

211 — Année 1883. — Épreuve d'artiste.

212 — Croquis de projets d'almanachs. 4 p.

GAZETTE DES BEAUX-ARTS

213 — Collection complète depuis l'origine 1859 jusqu'à l'année 1886. Exemplaire broché.

214 — Sous ce numéro, il sera vendu 20 gravures gr. in-fol. d'après Bouguereau, Cabanel, Hamman, Nëel, Potter, Stone, Troyon, Schenck, etc., par A. et E. Varin, Cornilliet, Knight. Bellin, Jazet, etc. Belles ép. avec gr. marges.

215 — Sous ce numéro, il sera vendu un grand nombre d'Eaux-Fortes et Gravures non cataloguées.

DESSINS, AQUARELLES, TABLEAUX

216 — **Anonyme**. Sortie d'un bal masqué. Très belle aquarelle gouachée, encadrée.

217 — Intérieur de pêcheurs. — Un dimanche à la campagne. 2 dess. au crayon rehaussé de blanc pour illustration.

218 — **Betbeder**. Marine. — Paysage. 2 pastels, encadrés.

219 — **Daubigny**. Paysages. 2 dess. au crayon noir, sous verres.

220 — **Fernand Fau**. Jeune fille à la fenêtre. — Intérieur d'une salle du Chat-Noir. 2 dess. à la plume.

221 — **J. Grand**. Jeune Arabe assis. Aquarelle très fine, encadrée.

222 — **Guérin**. Scène de boulevard à l'aquarelle rehaussée de gouache, encadré.

223 — **Henry Somm**. Jeune Femme en buste. Aquarelle encadrée.

224 — Jeune Femme assise en blanc. Aquarelle encadrée.

225 — Jeune Femme en promenade. Aquarelle, sous verre.

226 — Jeune Femme debout près d'un aquarium. Aquarelle, sous verre.

227 — Sujets divers. 3 dess. à la plume.

228 — Parisiennes. 3 dess. à la plume, montés.

229 — Croquis à la plume. 41 p.

230 — **Viollat**. Le cordonnier Simon au Temple. Aux deux crayons, encadré.

231 — **Rembrandt** (d'après). Son portrait. Très bonne copie, déjà ancienne.

232 — **Testelin**. Concert d'amours. Grisaille sur toile, encadrée.

A. Maulde et Cie, imprimeurs de la Compagnie des Commissaires-Priseurs. rue de Rivoli, 144. 600—93476